KUGELN UND SILBERSTREIFEN

LORELEI

Englische Originalausgabe erschienen unter dem Titel
Bullets and Silver Linings

The Poetics Publishing ist ein Imprint der The Poetics GmbH – ein Verlag und Softwareunternehmen mit Sitz in Zug, Schweiz.

Für Anfragen: lorelei@thepoetics.eu

ISBN 978-3-03971-020-1 Taschenbuch
ISBN 978-3-03971-021-8 Gebundene Ausgabe
ISBN 978-3-03971-022-5 E-book

The Poetics GmbH
Hasenbüelweg 34
6300 Zug – Schweiz

An meine Töchter, ich habe euch vielleicht nicht alles geben können, aber ich hinterlasse euch etwas, das mir nie jemand nehmen konnte – das Vermächtnis meiner Worte. Ich hoffe, dass ihr eines Tages so stolz auf mich sein werdet, wie ich es auf euch bin.

Ich liebte dich
genug für uns beide.
Doch am Ende war auch das
nicht genug für dich zu bleiben.

Du warst schon immer derjenige, der
meine Augen zum Funkeln brachte, und
sogar in meinen dunkelsten Augenblicken,
habe ich dich immer noch geliebt.

Dein Herz verließ mich
längst bevor du es getan hast,
wie als wärst du nie da gewesen.

Ich dachte,
diese Trennung
wäre nur vorübergehend,
aber du hast dir mein Herz geliehen
und bist nie mehr zurückgekehrt.

Das, was bleibt — Manchmal müssen zwei Menschen eine Weile voneinander getrennt sein, um den Weg zurück nach Hause, zurück zueinander zu finden. Aber leider ist das nicht immer der Fall, manchmal zeigt eine vorübergehende Trennung bloß, was schon längst hätte geschehen sollen. Doch die Liebe bleibt bestehen, auch wenn die Person nicht mehr bei uns ist, wird sie doch weiter in den Tiefen unseres Herzens leben.

Ich frage mich oft,
ob du jemals an mich denkst,
auch wenn nur für einen kurzen Moment.

Nie werde ich die Liebe
vergessen, die wir beinahe hatten.
Wir waren so nah dran.

Ich bin mir sicher, dass ich
dich auf eine Weise geliebt habe,
die noch nie zuvor in einer
Geschichte erzählt wurde.

Innerhalb der flüchtigen Momente
hast du dich wie eine Ewigkeit angefühlt.

Du musst wissen, wer du bist.
Verliere dich nicht so sehr
in den Geschichten anderer,
sodass du deine eigene vergisst.

Ich hab es gehasst,
dich zu vermissen
und trotzdem konnte ich
nicht drauf verzichten.

Es gab eine Zeit,
da haben wir uns geliebt.
Vergiss das nie.

Erinnerungen — Ein Person zu vermissen ist eine Erinnerung daran, dass wir sie einmal geliebt haben. Menschen werden in deinem Herzen leben, solange du es zulässt, dass sie darin einen Platz halten. Doch gib dir selbst auch die Möglichkeit, das was vergangen ist, gehen zu lassen. Eines Tages, wenn du bereit bist, kannst du die Erinnerungen wieder besuchen. Die werden immer noch da sein.

Dein Schmerz ist ein Anker,
der dich daran hindert,
frei im Meer zu schwimmen.

Hör auf,
Geister zu verfolgen
und lass die Vergangenheit
sich selbst heimsuchen.

Mein Herz steckt irgendwo
zwischen an uns festhalten und
von dir loslassen und all dem,
was wir uns schworen.
Eigentlich ist es auch egal,
bin so oder so verloren.

Weißt du,
da war mal ganz viel Liebe.
Auch wenn man es uns heute nicht mehr ansieht,
irgendwo zwischen dem ersten Hallo
und dem allerletzten Abschied.

Ich starb schon so viele Male
im Namen der Liebe, und doch
sehne ich mich immer noch nach
dem Gefühl, wieder lebendig zu sein.

Es ist schwierig festzuhalten
und es ist schwierig loszulassen,
aber wie lange willst du noch
über eine Liebe nachdenken,
die nicht bleiben wollte?

Du hast schon viel zu viel
Zeit auf meinem Schlachtfeld verbracht.
Es wird Zeit, dass ich diesen Krieg beende.

Befreie dich — Sich für sich selbst zu entscheiden und sich treu zu bleiben, ist eine nervenaufreibende Erfahrung, doch wenn wir mit der falschen Person zusammen sind, fühlen wir uns früher oder später oft leer. Loslassen bedeutet, die bequeme Vertrautheit hinter sich zu lassen. Das kann dazu führen, dass wir lieber irgendwo bleiben, wo es uns nicht ganz so gut geht, was uns aber immer noch besser erscheint als das Unbekannte. Um uns zu befreien, müssen wir uns mit der neuen Realität anfreunden. Wir müssen uns mit dem Kummer, der Wut und dem Schmerz auseinandersetzen, die mit der Veränderung einhergehen. Es ist an der Zeit, Akzeptanz für das Ende von Dingen einen Platz in unserem Leben zu geben.

Du behauptest,
dass du nie
eine Option
sein wolltest,
doch hier bist du
und behandelst dich
selbst wie eine.

Die Erinnerung an dich besucht mich oft.
An manchen Tagen lachen wir,
an anderen vergießen wir Tränen,
und an den übrigen trauern wir im Stillen.

Du bist viel mehr wert
als nur ein kurzer Besuch.

Gib deinem Verstand eine Pause — Es ist an der Zeit, das Chaos, das du in deinem Kopf angerichtet hast, hinter dir zu lassen. Hör auf, unrealistische Szenarien zu entwerfen, die es in der Realität nicht gibt. Befrei dich aus diesem virtuellen Käfig und bring deine Gedanken wieder an einen friedlicheren Ort. Gönn deinem Verstand eine Pause und lass ihn sich ausruhen. Lass ihn an einem Ort verweilen, an dem du Trost, Ruhe und Seelenfrieden finden kannst. Dort, wo deine Gedanken frei sind und du das Beste aus jedem Moment machen kannst. Der Ort, an dem die Freude wirklich zu Hause ist.

So viele traurige Seelen
übermalt mit glücklichen Lächeln.

Es wird an der Zeit,
dass ich dir einen sanften
Abschied gewähre.
Die Zeit wird uns
eines Besseren
belehren.

Bleib in der Nähe jener,
die für dich brennen
und weit weg von jenen,
die deinen Wert nicht erkennen.

Mein größter Akt
der Selbstliebe
war zu lernen,
wann es Zeit ist
zu gehen.
Dort,
wo wir aufhörten,
da begann ich.

Diejenigen, die wir liebten,
waren schon in unsere Herzen geschrieben
seit dem Moment unserer Geburt.
Es gibt keine Reue, nur Lektionen.

Lass die Menschen gehen,
die dich nur mit halbem
Herzen lieben können.
Wie kannst du deine Flügel ausbreiten,
wenn du an jene gebunden bist,
die sie ständig zusammenhalten?
Heb endlich ab, indem du loslässt.

Ich verspreche dir,
du wirst auch die
Erinnerungen überleben.

Lass dein liebevolles Herz niemals kalt werden wegen Menschen, die es nicht zu schätzen wissen. Es gibt so viele andere, die dich lieben werden für die reine Seele, die du verkörperst.

Wie willst du den Takt
deiner Zukunft ändern,
wenn du immer noch zur
Melodie der Vergangenheit tanzt?

Suche nach Anerkennung — Du kannst dich nicht auf andere verlassen, dir ein Selbstbewusstsein zu vermitteln. Ansonsten machst du dein Selbstwertgefühl von ihnen abhängig. Du bist die einzige Person, die die Tiefen deiner Seele verstehen kann und dein Herz besser als jeder andere kennt. Gib nicht anderen die Macht, deinen Wert zu bestimmen. Die Suche nach Anerkennung von anderen wird dich nur runterziehen und dich davon abhalten, wer du wirklich bist. Schau stattdessen in den Spiegel, dein Spiegelbild ist die einzige Anerkennung, die du brauchst.

Du träumst immer noch von
unvollendeten Märchen, oder?
Es wird Zeit deine Geschichte
selbst umzuschreiben, Liebling.

Finde Zugang zu deinen Wunden
und nutze deinen Schmerz als Leitfaden,
um an all den Dingen zu wachsen,
die keine Verbindung mehr zu dir haben.

Es scheint,
als wäre stark sein
die einzige Droge,
die ich je gekannt habe.

Einsamkeit — Manchmal ist es in Ordnung, dich von der Welt abzukapseln. Solche Zeiten können notwendig sein, um dich auf dich selbst zu konzentrieren. Nutze diese Momente der Ruhe als Gelegenheit, dich selbst kennenzulernen. Nimm dir die Zeit, deine Traurigkeit, deine Verletzlichkeit, deine Unsicherheiten und deine Traumen verstehen zu lernen. Verbringe Zeit mit ihnen und sei freundlich und vor allem: gib ihnen Liebe.

Es wird eine Zeit kommen,
wo die Liebe nicht mehr so kalt ist.
Aber bis dahin, halte dich selbst warm.

Du hast gerade erst begonnen
dich selbst zu finden. Und je weiter
du die Schichten deiner Haut ablegst,
desto sanfter wirst du werden.

Ich habe endlich gelernt die Seiten
an mir zu lieben vor deren Berührung
du zu viel Angst hattest.

Eines Tages
entfessle ich
meinen inneren Zorn
auf jeden Mann,
der versucht hat
mich zu zähmen.

Und du dachtest
ich würde daran kaputtgehen,
während ich die ganze Zeit über
meine Rüstung aufgebaut habe.
Nichts, das so stark ist, wurde
je an einem Tag errichtet.

Timing — Selbst wenn die Nächte zu kalt und dunkel werden und du nur deine eigenen Arme hast, um dich zu halten, denk bitte immer daran, dass da draußen jemand ist, der nach einem Zuhause in dir sucht. Die Liebe wird dich finden, wenn die Zeit dafür reif ist.

Dachtest du etwa,
ich würde dir nachrennen?
Stattdessen bin ich
in meine eigenen Arme gefallen.

Ich bin aus der Haut rausgewachsen,
in der du mich zurückgelassen hast.
In deiner Abwesenheit
habe ich diese Schichten
auf wunderschöne Weise abgelegt.

Nimm dir die Zeit,
die du brauchst,
um in Ruhe zu heilen.
Es ist in Ordnung
für eine Weile in deinen
Stürmen Zuflucht zu finden.

Wunder — Halt inne und entdecke all die Wunder in dir. Alle deine Eigenschaften, Qualitäten und Eigenheiten sind wunderschön. Jede ist ein einzigartiges Zeichen, das nur dir verliehen wurde. Und selbst in deinen verletzlichsten Momenten solltest du nie vergessen, dass du mehr als genug bist.

Befreie dein Herz
aus seinem Gefängnis
und behandle es sanft.
Das einzige Verbrechen
das es je begangen hat,
war jemand anderen
mehr zu lieben
als sich selbst.

Es beginnt mit dir — Ich weiß noch, wie jedes Mal, wenn mich die Liebe im Stich gelassen hat, ich begann auch mich selbst abzulehnen. Ich ließ Teile meines Wertes in anderen zurück. Erst als ich begann, den Kern dieser Leere zu entdecken, erkannte ich, dass ich nie wirklich jemanden brauchte, um mich so zu lieben, wie ich sie liebte. Wie sollten sie auch, wenn ich das nicht einmal für mich selbst tun konnte? Und da begann sich das Puzzle in einem Gesamtbild zu entfalten. Ich verstand, dass ich mich selbst kennenlernen und Vertrauen zu der einzigen Person aufbauen musste, die mich wirklich akzeptieren und in meiner reinsten Form lieben konnte – mich. Und da war es, inmitten der Entdeckung meiner Gesamtheit, ließ ich all jene los, die mich nur in Stücken zurückgelassen hatten.

Gib deinem rastlosen Herz eine Pause.
Manchmal versteckt sich selbst die Sonne.

Sie bevorzugte die Stille
ihrer eigenen Gesellschaft,
dort fühlte sie sich
am meisten geliebt.

Der Krieg der Selbstliebe — Verstecke dich nicht hinter deinem Lächeln. Denn so sehr es auch schmerzt über die Vergangenheit zu sprechen, manchmal ist es für deine Heilung entscheidend. Ich hoffe, du verstehst, dass Stärke nicht bedeutet, dass du die Welt im Stillen tragen musst. Lerne deine Verletzlichkeit zu akzeptieren. Geh in den Kampf gegen deine Dämonen und irgendwann wirst du den Krieg der Selbstliebe gewinnen.

Ich habe noch nie
eine Liebe gekannt,
die reiner ist als die,
die tief in meinen
Knochen ruht.

Taten statt Worte — Wir schauen Menschen zu und beobachten sie. Wir lernen die Sprache der Loyalität, der Liebe und der Freundlichkeit durch die Handlungen von anderen. Worte sind leicht gesagt, aber Taten sind die Wahrheit.

Wenn jemand dir
seine Stille schenkt,
hör zu.

Sie liebte,
auch wenn
die Welt
ihr gegenüber
herzlos war.
Sie trug
die Farben
der Gutherzigkeit,
wie niemand sonst
es jemals konnte.

Eines Tages wurde mir klar,
dass auch mein Abschied
ein Verlust für andere sein kann.

Mach dich mit deinem Schmerz bekannt — Die Straße zur Reife und Weisheit ist mit Leid gepflastert. Uns selbst ohne Schande und Schuldzuweisung zu betrachten, eröffnet uns ein größeres Bewusstsein und Empathie für uns selbst. Lerne dich selbst kennen und versuche zu verstehen, warum bestimmte Emotionen in dir verweilen. Ich glaube, dass unsere Gedanken ein Tor zu unseren Gefühlen sind und wenn wir uns selbst beibringen, wie wir unsere Wahrnehmungen ändern, können wir auch unsere Stimmung ändern. Niemand ist frei von Schmerz, aber wie wir mit ihm umgehen, ist von großer Bedeutung für unsere mentale Gesundheit. Es braucht Geduld, aber alles, was unsere Freude und Freiheit wert ist, tut dies.

Wie kommt es,
dass wir andere
so sehr lieben
aber dann vergessen
uns selbst zu lieben?

Nähre deine Seele
so liebevoll und sanft,
dass dein Aufblühen
zur Kunst wird.

Ich will meine Wunden mit
so süßem Blütennektar füllen,
dass sogar die Bienen
über die Jahreszeiten bleiben.

Deine Reise — Es gibt nichts Schöneres, als in deinem eigenen Raum und deinen Träumen zu leben. Erkunde deine Welt und lasse die anderer in Ruhe. Wir versuchen so sehr, uns an Orte anzupassen, die nicht zu uns passen. Aber wie wunderschön ist es, zu wissen, dass deine Reise nur für dich gedacht ist. Also komm, erschaff dir deinen eigenen Weg und lass die Steine der Welt dich nicht von ihm abkommen lassen.

Gib dir selbst die Zeit, auf deine
eigen Weise zu heilen.
Selbst der Mond wird nur in
kleinen Phasen wiedergeboren.

Ich fühle mich jetzt so
wohl in meiner eigenen Haut,
dass sogar meine Narben
angefangen haben zu tanzen.

Sie trägt Schwerter, Flügel
und ganz viel Liebe dazwischen.

Glaube — Du bist mehr als nur einmal gefallen, trotzdem war die Hoffnung immer nur einen Atemzug entfernt. Kämpfe weiter gegen die Stürme vor dir an. Irgendwann wird alles einen Sinn machen. Die Macht des Gebets ist größer als alles, was sich dir in den Weg stellt.

Deine liebevolle Art wird
niemals unbemerkt bleiben.
Karma liebt diejenigen
mit den größten Herzen.

Ich fand Trost in der Stille
meiner eigenen Gesellschaft,
man kann fast hören, wie ich heile.

Die Macht deiner Gedanken — Du kannst die Zukunft nicht steuern oder die Vergangenheit ändern, also warum verschwendest du deine Gedanken an was war und was noch kommen wird, wenn das eine schon vorbei und das andere noch nicht mal da ist? Versuche stattdessen, deine Wahrnehmung und deine Sichtweise zu ändern. Dein Verstand hat ungeheure Macht und du kannst lernen ihn auf den jetzigen Moment zu fokussieren, anstatt in einer Welt der „was wäre wenns“ zu versinken.

Lasse die Hoffnung dein
Zufluchtsort gegen den Sturm sein,
ohne sie können wir nicht überleben.

Ich heile,
ich zerbreche.
Ich falle und steige wieder auf.
Ich bin Schmerz und ich bin Stärke.
Ich bin Dunkelheit und ich bin Licht.
Ich bin hungrig und zugleich erfüllt.
Ich bin leer und dennoch ein Ozean.
Ich bin Königin und ich bin König.
Meine Krone sitzt unerschütterlich,
denn sie ist aus Stahl.
Mein Herz zerbricht,
um wiedergeboren zu werden.
Ich bin Mensch
in Form von Wundern.
Und aus der Ferne werde ich dich lieben,
aus der Ferne, und immer.

Sie ließ den Prozess der Heilung so schön aussehen,
dass die Welt vergaß, dass sie jemals gebrochen war.

Ich habe nur Liebe zu geben,
weil ich weiß, wie
sich Grausamkeit anfühlt.

Ich finde es erstaunlich,
wie deine Augen trotz des
Schmerzes dahinter lächeln.

Du bist genug,
genau so wie du bist.
Glaube daran,
selbst wenn die Welt
dir anderes zuflüstert.

Freiheit — Du bist mehr als dein Schmerz und deine Traumen. Jeder Tag ist eine neue Chance, dich neu zu erfinden und die Person zu werden, die du sein möchtest. Lasst uns die glücklichere und leichtere Version des Menschen finden, der wir heute sind. Denn Freiheit des Herzens ist auch Freiheit des Geistes, des Körpers und der Seele.

Finde Stärke in deiner Verletzlichkeit.
Wenn du dein wahrhaftiges Ich findest,
wirst du strahlen.

Belohnung — Gib nicht auf! Alles, was du durchgemacht hast und all die Energie, die du gebraucht hast, um dich selbst wieder zusammenzuflicken, werden sich lohnen. Sei stolz auf dich und die Fundamente, die du aufbaust. Hab noch etwas Geduld, bald schon wartet die Freiheit auf dich.

Die Liebe für uns selbst war immer schon da.
Manchmal kommen nur Menschen dazwischen.

Und mit einem Herzen wie dem deinen,
sind die zu bedauern, die es verloren haben.

Vergiss, was die Welt dir beigebracht hat.
Du bist bereits mit Wert geboren
und den kann dir niemand nehmen.

Ich bin am glücklichsten
an meinen rauen Kanten.
Diese Unvollkommenheit
ist so wahnsinnig schön.

Es ist dein Weg — Vergleiche dich nie mit jemand anderem und ihrem Weg. Wir liegen vielleicht alle unter demselben Mond, aber wir lieben sein Licht auf unterschiedliche Weise. Jeder ist dort, wo er sein sollte, und auch du bist es.

Nie wieder werde ich mich
in die Herzen jener verirren,
die mich nicht voll und ganz
lieben konnten.

Nimm mich so, wie ich bin — Wir müssen nicht perfekt sein, um Liebe zu finden, noch müssen wir unser wahres Ich verstecken. Wir verdienen es, in unserer Gesamtheit gesehen zu werden. Wir verdienen es, unsere tiefsten und verletzlichsten Seiten zu zeigen, damit auch diese Liebe erfahren. Es sind unsere Fehler, unsere Ecken und Kanten, die uns mit anderen verbinden, denn dann sind wir am authentischsten. Wer deine Wahrheiten nicht akzeptieren kann, war nie für dich bestimmt.

Ach Liebling,
Liebeskummer kann mir nichts anhaben,
Ich habe schon Schlimmeres überstanden.

Meine Stimme wird niemals
wieder zum Schweigen gebracht werden.
Ich werde eine neue Melodie erschaffen
für jedes Gefühl, das geboren wird.

Ich bin weit davon entfernt, perfekt zu sein.
Ich habe viele Fehler, also
wage es nicht, mich schön zu nennen.
Meine Narben erstrecken sich über Tage,
Ich lache über mich selbst und
mein unvollkommenes Gesicht.
Wage es nicht, mich schön zu nennen,
es sei denn, du hast in meinem Raum gelebt.
Ich bin nicht wie die anderen
noch will ich es sein.
Also wage es nicht, mich schön zu nennen,
Ich bin blind gegenüber meinem Äußeren.
Ich bin fehlerhaft, seltsam und einzigartig
und das ist es, was mich schön macht.
Also wage es nicht, mich schön zu nennen,
bis du meine Seele kennengelernt hast.

Und wie kann eine Frau, wie ich
jemals die Vorstellung begrüßen,
nur halb geliebt zu werden? Nein,
das werde ich nicht zulassen. Nicht ich.

Egal wer mich verlassen hat,
ich möchte in Erinnerung bleiben
als die Frau, die ihren Wert kannte.

Du bist der Sturm,
die Sonne,
der Donner,
der Wind.
Du bist das Meer,
der Mond,
die Sterne.
Du bist die Kraft,
das Chaos,
die Ruhe vor dem Sturm.
Du bist die Sonnenfinsternis,
geduldig darauf wartend
den Himmel zu übernehmen.
Sie haben den Horizont
nie kommen gesehen.

Mich zu lieben, bedeutet
auch all die Teile von mir zu
lieben, die nicht mehr ganz sind.

Sei die Rose, die
niemals verwelkt,
selbst wenn die Welt
vergessen hat, sie zu gießen.

Wir sind — Überlebende des Schmerzes, der Dunkelheit, der Trauer. Wir richten uns jeden Tag aufs Neue auf, wie die Sonne. Wir sind so weit wie das Meer und so komplex wie die Berge. Wir sind so unberechenbar wie Erdbeben. Wir sind wie Sterne, die vom Himmel bedeckt und vom Mondlicht geküsst werden. Wir sind Wunder inmitten von Wundern. Wir sind durch alles, was uns berührt hat, gewachsen. Wir werden geformt durch unser Brechen und unser Heilen.

Sie ist Sternenstaub
in Mondlicht getaucht
und jedes Wunder
dazwischen.

Erlaube niemandem,
dir das Gefühl zu geben,
es sei zu schwierig dich zu lieben.

Was wir schon haben — Manchmal ist das Leben schon schwer, doch es gibt so viele schöne Momente dazwischen. Wir Menschen konzentrieren uns meist auf diejenigen, die uns nicht mehr lieben, und vergessen diejenigen, die es tun. Wir konzentrieren uns viel zu sehr auf das, was wir nicht haben, und verlieren dadurch das, was wir haben, aus dem Blick.

Es gibt immer
diese eine Person,
die man nie vergessen kann.
Lass es dich selbst sein.

Ich werde nicht mehr an etwas
festhalten, was nicht mit meinen
inneren Werten übereinstimmt,
egal wie schön es sich von außen anhört.

Dein Herz wird
jene heimsuchen, die
es losgelassen haben.
Niemand vergisst
eine Liebe wie deine.

Es gibt Teile von mir,
die ich bei anderen
zurückgelassen habe,
ein wenig Frieden,
ein wenig Chaos und
einen Sturm voller Liebe.

Ich hoffe, du findest Frieden in deinen Kämpfen.
Ich hoffe, du findest Licht in der Dunkelheit.
Ich hoffe, du findest Trost in deinen Stürmen.
Ich hoffe, du findest dein Lächeln zwischen den Tränen.
Ich hoffe, dein Herz schlägt leichter, wenn es schwer wird.
Ich hoffe, du findest die Art von Liebe, die bleibt.
Ich hoffe, du findest dich selbst an all den Orten,
wo einst dein Schmerz lebte.

So wie der Schmerz auf
dich herabgeregnet hat, wird auch
die Liebe auf dich herabscheinen.

So wie du bist — Ich will, dass du weißt, du wirst geliebt, genau so wie du bist. Gib niemandem die Macht, deinen Wert zu schmälern. Nicht jeder liebt auf die gleiche Weise wie du, und das ist das größte Geschenk von allen.

Mädchen wie du sind wie ein
sonnengeküsster Sommer.

Ich habe mein Glück gefunden.
Mein liebstes Kapitel in meiner
ganz eigenen Liebesgeschichte.
Mein „sie lebte glücklich bis an ihr Lebensende."

Nimm dir einen Moment — Hör auf Chaos in deinem wunderschönen Kopf anzurichten. Nimm dir die Zeit, um innezuhalten, an den Blumen zu riechen und die Sonne aufgehen zu sehen. Das Leben läuft an dir vorbei und du, mein lieber Mensch, läufst schneller als die Jahreszeiten. Deine Gedanken werden immer noch da sein, aber der Frühling blüht nur einmal im Jahr. Fang die Glühwürmchen, sie sind unglaublich.

Sei mit jemandem,
der deine Stürme liebt.

Ich sehne mich nach Liebe,
die für immer ist,
die mir ins Ohr flüstert:
„Ich liebe dich bis in alle Ewigkeit."

Wir stellen keine Vergleiche an.
Genau wie die Berge und die Ozeane
unterschiedliche Wege gegangen sind,
so bist auch du auf deine Art einzigartig.

Mein Herz liebt sehr, sehr stark.
Wenn deines das nicht kann,
lass meines in Ruhe.

Du hast dich so wunderschön und
natürlich in meinem Herzen niedergelassen,
wie eine wilde Blume an einem wilden Ort.
Willkommen Zuhause.

Ich weiß nicht,
was die Zukunft bringt,
aber ich werde da sein, bereit,
mit weit geöffneten Flügeln.

LORELEI — wurde in Michigan geboren und ist alleinerziehende Mutter von vier Töchtern. Ihre Eltern wanderten aus dem Jemen aus, und sie begann bereits im Alter von zehn Jahren zu schreiben. Trotz eines abgeschirmten Lebens entdeckte sie das Schreiben als ein Fenster zur Welt und eine Form sich selbst auszudrücken. Seitdem hat sie ihre Worte genutzt, um zu heilen, zu wachsen und ihren Lesern zu helfen, sich selbst für das zu akzeptieren, was sie sind. Neben dem Schreiben liebt Lorelei es, Zeit mit ihrer Familie zu verbringen und die Natur zu erkunden.

Scanne den Code, um mehr über Lorelei zu erfahren:

Mehr Bücher von
THE POETICS PUBLISHING

Labyrinth Herz
Naiad

Was von uns übrig ist
Shreya Maurya

Der Anfang ist nah
Evenfall

Printed in Poland
by Amazon Fulfillment
Poland Sp. z o.o., Wrocław

26294352R00069